范伯子先生全集

范曾题

七

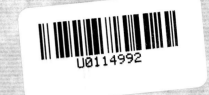

范伯子詩集卷第十五

通州范當世无錯

光緒二十六年庚子九月自南昌至揚州及十月還里後作

九江晚眺

日剛入時月未出羣葦相看若無色豈無倒影射天虛可奈低雲障如墨前途武漢古神州平鏡相看適相直番船箭激動遙煙眞覺茫然入深黑俄焉瞥見廬山明誠非野燒迎風生葡萄苜蓿皆彌望疑是匈奴別館成

本約伯嚴郊峴同詣金陵過而不下詩道意也

流連儘何厭況得見徐俞卻以饑寒迫兼因兒女愚牢愁病肝肺獨櫂夜江湖此境亦宜有叢談舌已枯

將抵鎭江念六月十五日過此忽四月矣感恨成詩

悠悠道路幾經年忽爾驚心月四圓皇古至今哀痛日尋常互市往來船身兼傲惰眞無地語雜寒饑更愧天不敢憑欄向山詠詩成還復擁衾眠

聽某營將楊君談兵

有偉楊生鬱錦瘤從軍決盪不能休爲言慣見湘淮勁論氣新推交廣遒使我傷心無一語看君指掌列千籌不知敵若非人待擁鼻猶能辟毒不西人此番用綠氣炮蓋不特野蠻我幷禽獸我矣萬世之羞誰召之哉

聞椒岑先生及叔節至揚州矣渡江思之作苦語

徐君昔謂我還家亦裹糧盡三月不出便恐饑難量維時六月中余辭君還鄉諒君亦無適但與同悽惶九月至新建旅中遭

賢郎從詢起居狀言君祖維揚維揚亦何主莫知主何方但取
從冰玉相看一路涼
君甥我舅子新來遭大憂聞亂迫欲葬不葬復言遊此情諒可
想我聞誠悲羞前時有兩主一去一死休去者豈其還迫促還
相求生人行地上饑飽各自由恩情苟不屬絲粟難相賙惜哉
燕趙郊禾熟無人收寧非好生計不得飛身投我往作饑嘯此
又添朋儔恩之實痛切何暇為身謀

過題揚州廢塔

凝然植孤幹歷劫不能磨世界華嚴日其如傀陋何
就此更塗澤泥泥不足存誰歟捨金鐵重報佛殊恩

抵揚州鬳戲書

浙西徐氏校刻

擁鼻重來慼不禁緣江入郭氣陰陰可憐列肆陳蘭麝不救當
街穢惡林
發篋哦詩日幾回朝朝行李闔還開低頭實恐遭奴罵自把長
繩幷力來

流聞

北風日日送胡塵客邸流聞怪妄頻桃李自成前後水萍蓬莫
辨去來因高門下戶都流落天上人間一笑顰羨煞唐宗百事
已詔書能問裹頭人

鬳定使人至何氏招叔節則言到此不三五日去矣

連夕夢將迎移時語笑成僕人空手反平地萬愁生來去一何
速饑寒竟不爭遙遙斷音響何異失風箏

與故人話

河漢竟無極毫釐謬若茲方知民禍大不救道心危居昔賓人表逮今爲寇資虛堂攬明鏡反手又何疑

揚州市上忽逢王義門自其家至

巷遇果然有王生天外來相攜作蠻語不信是英才看我詩成痞憐君禍始胎秋風足芭稻歸去莫遲回

示遜庵運使

時危頻仗友況以弟兄論海大容吾勺文多爲子言艱難誰擇食呼嘯莫啼寃嘗怪朱雲薄奚爲怒薛宣

平心示義

平心要訟吾儕過痛淚誠求或見聽事變原如馬生角文章誰肯鳳摧翎英流栩栩將開化者長酋酋欲反經必若相非不相喻萬年猶恐此門局

自他

自他諫死三君外百爾盈廷可歎傷無以仁言告君相多爲漢過與蠻荒行行所遇東南彦夢夢何殊上下牀一事稍令人意愜新推汲黯領淮陽（爲愛滄補淮揚道）

偶書季布傳後

曹邱仍使布名馳端木猶能譽聖師一自巢由洗耳去人生何處不相資

贈揚州方地山

誰謂無才者王方若是班一夫九州影萬事百年門勢極猶翻

手功高妙轉環暫無援死術强忍念時艱

夜讀遺山諸作復自檢省亂來所爲詩百餘首至涕不可收憤慨書此

細思我與國何關慘痛能來切肺肝局外迷茫成錯想就中安穩是當官千夫歷碌愁關傳一輩嵯峨已國冠竟與喪家爲代哭可憐眞個淚闌干

何秋蕃招飲兼覯賢郎

平生落拓何秋蕃八海歸來色正酣今日一樽秋後酒瓣香千載悔餘庵誰能問學終無譽不與興亡略少慙爾我要爲過半世且看生子作奇男

出就義門談盗攫余此行所得賣文錢盡因而有作卽以

答吳董卿大令晨間見贈詩有千里賣文錢易盡一語故也

盗愛余錢非盗跖賣文所得盡今宵悲歌吳季詩成讖笑樂王生興已消不信重城能放手誰將萬貫更纏腰拋除鏁鈕安排睡直放酣然一夢遥

失盗翌日晨起作

向時平寇論方曉盡成空一賊盗吾有萬端無計窮留居殊曠蕩去路已疲癃絲盡繭仍失飄搖秋樹蟲

贈江寧楊少農

君爲制舉文持問張狀頭及作贈送文持問吳冀州各極天下選亦各能兼脩君於是焉恣各各通其郵我視二君者老退常

自羞張君在里弄朝夕還夷猶燕雲邈不屬獨爲吳君愁焉知
喪亂後再得相從不閒來泛邗水無意遭楊侯持舊要我讀言
言皆殊尤方今得朋類眞宜泣相收皇天太孤獨后土無匹儔
不見子雲傳清方老自謀淵哉作文學沒與生民酬來今禍益
大一力將難勠要其沈懷往毋令此道幽

余所失盜無可問官爲責館主償還余無如何也爲減其數而作是詩以哀之

虎兒入柙龜出櫝論法應須責主償我自忍心爲惡薄客無援
手亦悲傷生財大計存天地剗盜根原問帝皇眼底區區何足
道可憐民刼在迴腸

往於天津酷暑中送方子和之山右意誠悲之有贈行二絕今館周氏聞余來走訪爲述某氏待叔節兄弟之狀尤深痛也復用此韻

七年萬事如雲過切骨悲愉影未空不意君還落吾手要論此
外有誰同

二姚前此沈淪反應視當年涕淚多小雅喪亡夷禍急權輿不
嗣亦無詞

地山去之高淳念之成詠

芭蕉雨清脃菡萏露芳鮮嗟子別何速忽余棲可憐長才新舊
際小效困窮邊況以傾河淚承家說稚年

我道三綱外眞宜有四綱君無嚴大范而自薄元方笑樂孩提
其艱難次第嘗入羣散無紀薄俗可憐傷地山之弟澤山解元不問家事客遊所得

壹以歸其兄如吾家也

再與義門論文設譬一首

雙眸烱烱如秋水持比文章理最工糞土塵沙不教入金泥玉屑也難容搓摩日月昭羣動摺疊河山置太空正要當前現光景不能向壁造方瞳

僕誡

我行揚州市壞輿破幨帷客入無衣裳瑟縮嚴風吹豈其吟不輟恐爲驚寒嘶僕人反相告誡我毋爾爲路旁笑者衆謂此咸書癡我果抗聲否恍惚不自知笑亦豈妨我不問輿中誰僕乃始佛鬱怪我殊傾危公爲匿弗見我面將安施當時朱買臣野吟妻羞之何況大都會冠蓋紛傳馳分明同學者絢赫多威儀而忍作此態主僕令人嗤我聞噤不語此人弗可欺憑何相慰藉富貴吾無期惜哉汝不去作笑無窮時

哀袁爽秋

昔我遊龍門言從興化師師曰及門中雋者汝知誰適來有袁生燦爛多文辭其人亦靜美與汝能相資已聞師謂彼亦曰范生宜卒然不可併各逐風塵馳維歲辛巳春木壞吁可悲四月臨殯所六月龍門祠於時一見君戚痛胡能怡相向哭而散各復之天涯君官歷中外聲名亦無奇但聞君徒友爲余誦君詩吾徒姜生者作令殊嫌癡君獨爲我故低回寶愛之用此一通問澹然無他詞何圖不數年立節於斯時臨命不絕纓庶幾哲人儀我初聞君耗急淚幾難持諒哉吾仲言令善更不疑入徒

四萬萬毒螫將無遺求爲禍輕減輸心諒在茲嗟茲玉雪士一旦爲民犧聖遠言猶信天高聽或卑

讀濂亭師次袁爽秋郎中見贈韻有王城浩浩著君隱之句尤以痛喟撿卷和之時之上海舟中

人至番番師友盡自然憔悴作頹翁沈泉昨已悲蘇軾棄市今猶泣孔融吏隱荒唐危可待文遊慘淡好胡同臨江不問無歸夜且看殘陽萬頃紅

輪船所謂買辦唐姓者余識之且二十年矣見之而歎

自我出行役廿年恆見之諒能本忠信不至損威儀道亦無礙横流更不移傷哉吾大老反覆萬離奇

爲一山作

神龍爪甲在烟雲雉翮翻飛亦不羣一海一天眞膽語可憐傾動白鸞君

近憐吾子入官纔誰見高官幻想來好善寧非盛德事要防奴輩利吾財

善夫席上聽敬如天津歸來所述

遼金以往一千年比似南朝更邈綿事有幷爲前代恨民今獨想昔人憐黃龍積雪迢迢地蒼狗浮雲澹澹天不敢盡乘歌舞興固知同在死喪邊

聞李相至天津痛哭

相公實下人情淚豈謂於今非哭時讐以等閒鐵如意頓教鎚碎玉交枝皇輿播蕩嗟難及敵境森嚴不敢馳冒是卅年辛苦

地可憐臣命亦如絲

無題

我亦聽言隨市人乍能歡喜又悲辛長途碌碌成詩草一命搖搖付相臣誰與挐龍騰隻手可憐窺豹已全身桃源十月春如此定有漁人欲問津

因少浦寄罕兒學堂不復往視

保生得主吾何憾汝亦羈孤解自存入市簫聲仍盡意接天兵氣已無言萬年那覓桃花洞一世真餘祇樹園且喜老牛猶健走不須舐犢始爲恩

偶成

鶯啼入幽谷虎氣暗深山已失結茅處況堪行路間前村殊不厭流水一何閒要其迢迢夜毋然但閉關

喜聞況兒誦吾文因示之要

能讀吾文作歌吹汝從何處得真詮行多磊落抛人外氣有灤洄在道先筆下聊退三數處絃中高下五千年要令事少文無累此妙空空竟不傳

季弟書言東撫袁中丞見即問余甚摯因委弟文案賦謝二律匪但私感也亦以述其捍禦團匪之功

泰山嶽嶽障南東萬世無人誦此功今日盡驅胡馬迹有邦咸識帝臣風孤懷富范重明照間道燕吳一綫通肯向云亭稽故事屬車安得歎塵蒙

正恨前時交臂失不圖有弟受帡幪故人厚祿誰憐我處士虛

聲卻到公世亂於今葬無紀斯文從此不能雄江淮一命遙相託便逐饑鴉嘯晚楓

有情余文後時而人不知者答二絕盡意

文章匪愛後時成富貴原如錦夜行快絕重瞳勘破語寧惟不捨故鄉情

何緣富貴鄉人覺亦若文章黨友知萬事只餘甘苦在名聲祿位總無奇

從季直談方知許袁二公爲徐筱雲所收而筱雲死被亂刃尤慘酷道光中有稱韓叔起師仙洲爲二才者而號筱雲以半才副之其爲人始終可述猶如此故哀以詩

人表從君次第論徐君遠禍亦煩寃平生半譽陪韓帥前死百金收許袁白首可憐心不老青燐遙想骨無存天南地北須臾際血淚相和盡有恩

冬至哭

我君壹不返天地再回旋無奈向時節何能背几筵含胡萬念過驚痛一身全惜死又防病負成永棄捐

無生樂呂四道中作

昔我行役區區謀我身今我行役番番送死人人有深湛豁達死有憂傷病虐今我無從追問之脫然皆得無生樂

死者無情死者無知無知已云樂無情亦不悲誠知萬劫須臾過截斷肝心猶不可惜者生微見則寬不如當日孩提我

夢中作

環堵之宅傍溪而生獨樹當前橫使我不得浮梁成
環海之宅傍雲而生有大人兮天南征留我十日兮送之百程
是詩醒而誦之一字不遺可怪也
殆日間舟行野望遊思所致耶

歸舟過徐雨亭隱居余復要又樓小留感題一詩幷追悼

雲悔

叩門野岸尋徐孺喜笑維舟樂又新豈曰一歸成偃蹇要令十日忌艱辛猶憐逝者郎中骨不得同爲刼後塵誰肯當時傍魚鰷結廬自占太平人

答徐昂秀才

歸來碌碌成何事喚作閒門百不清不有仁賢書一紙忽忘身是老儒生

明珠大玉一千字字字心光照眼來堪歎人間葬蕭瑟石麟天與亦何哉

行藏欲語千年叟忽復如嬰望乳啼麟角未成甘苦其回頭雨夜夢黃泥

嘗言淑世成虛語願力終難出一鄉惟有周流求黨類極天際地儘旁皇

我有苦心雕琢處萬般零落不勝悲祇今瑰寶天然得始信人爲必不奇

韓歐一世勤文字卻把文人一埽空此語荒唐人不解可憐千聖泣途窮

暱我誰曾罄意輸禮防欲進尙躊躇長吁莫爲明王告臣里佳

人一世無
心血眞能引鳳高蒼天萬仞與翔翺聊於歲計荒寒外灼酒烹
羊爲子勞

雪已成暴暖而雨

瓊玉樓臺正待裝嚴凝一散雨滂滂徒令后土無乾處不與詩
人作道場漁苦水深難致蟹農憂凍少尙餘蝗沈沈百折春方
至近死毋然復使陽

兩舫

兩舫鬩然忽構爭老夫無奈一身橫稍憑意氣全無用直析毫
釐始得平霄壤昔爲羣動有智愚天使萬機成何時直道人人
守不待旁人子細評

范伯子詩集卷第十五

范伯子詩集卷第十六

通州范當世无錯

光緒二十七年辛丑里居及四月至淮安復還里作

元日侍母食退而泣用潤生除夕韻

念我於何求是處年光冉冉欲知非愁如山峻將無度笑比河清定更希一世孩提容易過各天精爽幾時歸風窗樹有婆娑影忍淚相看趁夕暉

潤生以除夕爲朱莘田寫晴窗鑒古圖并題其册因索余和

江郎涉筆閒消遣翁子勤求學抗希一宦更無才可用百篇聊以古爲歸試看曾李名皆故（謂圖册中曾文正李文青有作）持比咸同景又非能就窗明娛歲晚眞當珠璧惜餘暉

次韻潤生八日懷八一死二生之作

怪石閒閒置哀哉并陸沈謀生無一可植節有千尋聖哲危時誼交遊痛後心寧知蹈藉死有命不如禽（此謂王伯唐駕部死北難者潤生比之爲山中怪石）

一熸無餘禍吾猶羨夜臺留茲七尺在禁彼萬重哀老宿仍屯運窮鄉更造才王生有饑飽或就故人來（此謂王夢湘太守聘主吾紫琅書院而尙未來）

二姚如我者慘慘未安居祇覺生無父遑論食有魚窮饑餘肖似稱貸動廉隅將子無窮意眞成煖氣噓（此謂叔節潤生以百金助之買山）

潤生愛余答徐秀才詩爲囈語次其韻余因疊韻以示蘊

素以爲元夜消遣之資

今年元夜無燈市萬象蕭條氣正淸遙想長安宮闕裏月華仍傍五雲生

吾友思鱸忽東走衝寒一路看梅來爲言親至黃河側死到淸流亦痛哉顧晴谷丈自陝西棄官歸爲言毓賢趙舒翹雖皆以罪魁誅死而淸節絶可憫痛

燕市盡屯胡馬迹漢宮初試曉鶯啼依然鶉首爲天府大帝何曾醉似泥

愼毋輕薄當時相派別遙遙自醉鄉正賴浮天風絜力前驅後騁報東皇

一才不爲生民起萬世無如此日悲三數蒼髯幾年少居然渾沌又窮奇

債臺高欲入雲去富媼河山一覽空誰信終南降王母蛾眉蕭颯坐愁窮

土室將何歲物輸可知欲語亦躊躇寄聲欲問中行說識得當時二繊無和約雖成賠欵尚未言其數

雜佩詩人豈曰高乘春亦欲賦將翱生愁皃雁驚飛盡日日晨興亦但勞

狼山觀燒感賦

元夜燈輝萬萬古無端忽被時危阻傳聞野燒今宵多重向狼山命儔侶亦曰慰情聊勝無不謂奇觀在何許白日已下天無光蕩蕩乘高攬空宇冥然一點兩點出忽然稀疏見三五不能一晌紛來如泛濫崩奔驟如雨火海分爲無盡波婉變迎風顔

色聚直視又若星河翻芒角搖搖熘殘暑儻其玉帝乘雲觀已
訝高天沈下土自讀莊生視下篇便識坤乾無定處翻騰變化
人爲之萬衆齊心不可禦居高聽下雖不聞因風送聲可知語
他人有榮小如錢吾儂榮若筐之鉅蠢賊盡死人則肥如此云
云哯田祖假令官長爲娛嬉豈能令彼一時舉正爲灾祲動切
身各各然薪窩心苦遂令山中蟣虱臣浩然獨歎生民主一詔
彌綸有萬年百姓身家不可侮

冒鶴亭以江建霞所贈辟疆先生菊飲倡和詩卷屬題節

用辟疆韻題二首

東林復社去堂堂水繪亭臺亦已荒十世頓成來復象千秋徒
爲後人狂身前橫被諸艱試地下應無滴酒嘗要語鶴亭還自

逸老夫專以醉爲鄉鶴亭汲汲焉惟不朽是務頗自傅會以辟疆復生不獨時勢同也
一卷唏噓紙上塵江郎情態與成陳神州赤縣猶鉤黨晚節黃
花孰替人世不唐虞誰洗淚士非同憲總羞貧洪流激極知何
似海色天光日日新

爲鶴亭題孫文節公遺墨文節公之死雖公論大定而鄉人謠諑至今未休吾詩云云非贅語也

一節艱難豈易成直須守正又多情看他師弟閒閒語那得臨
危更倖生

走筆呈晴谷先生兼示耒航孝廉七首

宦海滔滔鬢易斑陸沈終古幾人還歸來如約能歡笑始信吾
人非等閒

致仕欣逢攬揆辰壽觴聊與洗征塵八年一日論先後腸斷當時侍酒人

孤露餘生不廢吟多因惜淚淚淫淫乘除十四年間事亦有千篇寫素心

處處人間有雉媒不牛不李總非才彌天譽問滔天禍也與驚心動魄來

羨君作宦似遊仙不管人間得喪緣抉藥歸來閒井換可知萬景不能延

饒似青山耐雪霜也應珠璧惜年光要分陸賈優游日痛與鄉鄰醉幾場

試賭尖叉百韻詩因之百罰我無辭莫愁醉倒無人問昨日看君倚白眉

伯嚴以所影日本遺留之宋刻黃山谷集爲中丞公墓銘潤筆且詒一詩次韻奉答

小文論報吾滋愧況以黃生內外篇拙道回還祇如此高名前後一濟然長啼燕市今何益善價雞林古所憐欲把斯文待灰燼憑何寫恨向蒼天

先勛卿公手書八十自壽詩幅失而復還敬和以誌永守

亢宗裕後有同情骨自榮枯氣自行意濟每尋閒處過才高不向治朝生風行地上塵埃淨雨至山中草木亨身嗜豈於人寂寞道同何取黨分明滔滔叔世無完質耿耿幽人有素貞安得畊陽田二頃再攜兄弟永躬畊

與延卿連夕談敘述爲絕句七首

一世風馳雨驟辰開雲兩片伴宵晨扶攜變亂應無具植立蕭疏要有人

閒論便到蓋棺時短景寥寥事可知惟有縈回我生處及今征邁已嫌遲

試想平生日月消孰嘗有味孰無聊秪今頭白應須慎身後無人作解嘲

眼有東西萬國風誰歟真得我心同翻疑閉戶無言處一息能將九地通

天道悠悠亦大哉前人力盡後方來達夫豈爲兒孫計一種存亡實可哀

昔變來如海驟潮放之平地轉迢遙從今恨少危亡日直視懷襄苦我堯

哀今無禹幷無顏棄擲簞瓢糞土間一日不爲貧賤徒千秋凝望氣如山

至保安沙視新隄

依然急浪撼隄根版築斯須且自存相土猶含先齎意徹田疑有舊周痕江河到此終無賴草木於人似有恩未必遂能躬作息亂餘驚定欲招魂

水心亭宴集贈徐積餘太守兼示陳筱山潤生季直磐碩諸子

別來朗朗一裘葛胡類沈沈無限年肝膈料應同削損形骸差

幸得生全一樽尚有人間世千歲應無鶴上仙揜耳弗聽中座語南山遲我醉吟篇
東南讌樂吾州最一角河亭敞此筵去日若煩朋舊問斯遊難以畫圖傳關東范叔寒如此城北徐公美可憐豈意張陳亦蕭瑟坦懷惟有酒如泉
李君憤慨毋爲爾接坐綢繆有隔天寒到餘春能作雪愁將慘雨幷爲烟萬年難覓和聲鳥一世宜同噤響蟬只有文通工賦別情多恨少兩綿綿

以事問兩日不詣積餘屬內人製小食相餽

置君河上無人管往日相思盡謂何卻笑閒門閑不得輜軿柴轂一時多

老妻特爲佳賓具兼慕君家徐淑才記否乾嘉雙蝶語要看合璧報瓊來

積餘故有狠山訪碑圖今爲筱山再遊指示其處則汪劍星諸題名已一一具刊潤生當復爲積餘圖之而余因是亦預有贈

州中五季卽唐虞寶愛荒殘似子無昔日汪倫踏歌處今來陳慥復相娛鐫名孰是無雙士下筆眞成第一圖且喜江郎能貌我懶餘眞個是山臞

同諸子遊山莫歸有感

晩烟是何物四遠盡蒙籠人有歸休意天餘慘澹容模餬山石字清醒寺樓鐘今古一昏曉蹉跎自倚筇

聽仲林談易實甫幼時陷賊事其尊人方伯君之拒賊不
以賄贖賊之始終愛護至敗死而必欲生全之與僧忠
親王之飄忽夜馳得實甫問知易氏兒以付應城縣曲
折盡繪感不絕於心遂成三詩

妻孥是何物不信愛難休寇盜焰方熾風雲氣正秋孤雛鳳鸞
似一折死生羞爲怪中興易擘才若是遒

飄忽夜從賊僧王蓋有神寧知汝孺稚從此識天人燈火千貂
衛風烟萬馬塵田横古難畫何況迹云陳

劫衆亦非易慈仁有大同可憐全我友不忍賊斯翁惻愴井有
孺唏噓莽伏戎眼前生齒滿誰與祝天公

余每行潤生必有贐遂詒此詩

我爲饑走無歲無子不數見煩憂虞舌耕不耕何謂儒監税無
税子亦疏兩皆處陸無江湖昫溼濡沫胡爲乎惟吾與子澹相
娛能作沮溺耕田徒尋常力食自把鉏行動出入相攜扶一世
落寞吾不孤萬歲千秋子樂無

耦耕吟申前詩沮溺之義

嬰與夫非利徒忠孝既盡身其餘何不脫然歸江湖胡爲遊於
勢利殺其軀耳若餘患難俱匹夫義重死不渝況其名聞天下
與胡爲身至將相還相居人生各在天一隅投合豈不由詩書
書外因之著豪末終恐坦路生崎嶇炎炎富貴如火荼臣非不
欲誠懼誅同其生死猶嫌愚何況中途更異趨澄宵感此忽三
歎欲得澹友同居諸千載無人知此意吾爲桀溺爾長沮

至鎮江晤丁星五及游氏子信有江淸之事

沿江居人走相驚胡此濁浪朝來淸升高直視盡殊嬴千里百里同一聲我初聞之苦不信恐其譌語隨風生岷山導江出三峽直掀萬派東南傾山田野岸受衝決經過盡帶泥沙行淮漢大流迭來匯魚龍萬派讙相爭溟然若此欲淘汰神禹再出功難成守此硜硜百不領詎晤二子斯言誠上自蕪湖下京口歷歷照眼波光明有言江清聖人出或主變亂愁刀兵沈思物理不可解徒縱妖異資狐鳴不然淸流禍國古無此天其或者耆家否我民夢夢萬古杳無覺獨向江頭涕淚橫

書陸務觀估客樂詩後

往時估人不識公卿名今也劇談時事盡可驚往時一擲百萬估人樂今也豪官巨商盡貧弱愈知愈弱誠可憐不論不議寧得賢所以沈思效姬旦往往輟食無安眠事亦有可爲哀哉不可說誰令我亦作濡需感歎淒涼坐愁絕

余詣愛滄淮揚道署過秦觀之舊里鬱詩思而盤紆會見嚴幼陵別愛滄四詩因而和之並贈二君其第一首謂幼陵所著天演論爲吳冀州所敘行云爾

至甫淵淵鏡衆流堝來僅見服嚴侯爲於秦漢搜諸子無以遷雄說九州任與濡需同豕禍也因汗漫識鵬遊昭然一是羣書廢十萬縹緗祇汗牛

去年反自津門亂無意相逢百不違誰望清談見破敵獨看悲嘯妓成圍蛟龍失水春難起烏鵲臨江夜亦飛不遇信陵親執

曫世間誰識監門微
磊磊濤園正自奇腹中珍怪少人知無官已復能垂代得帝依
然不遇時我擬容身兼雁木君猶撫世問龜蓍淒淒不是雲雷
會他日吾言耐爾思
唏噓昨過秦觀里此事於今有廢興覺世文高宜俯首感時淚
甚欲塡膺監河激越仍求活（愛滄爲我貽書運使復理柯遜庵鹽法志三千金之說）蹈海
仇秦未必能不審異時元祐黨奚如吾輩日淩兢

寄題召伯埭斗野亭和秦少游及蘇黃諸子

揚州折而北風物殊平平惟茲昔賢處歷劫懸孤清不知斗野
亭復餘幾顏豈撫時念陳迹有淚如河傾羣生曠蕩蕩文士艱
其生猶云惜玉貌而獨居闉城長年飽粺糲何足當危宗離離

八百歲切切如同行平頗尚乖異利鈍已分明誰愛無身後殘
篇爲世榮

走筆贈沈東綠

曾聞太保功名盛拂袖還爲句讀師得見賢兄貞素守益知老
輩有遺規四郊莫磬大夫恥一物皆應儒者知倘爲時艱惜榛
莽減衣縮食又何疑

次韻愛滄題秦郵帖詩因以斗野亭各詩寫諸扇且告欲
行

嗟吾幼好眉山翁學書便學楚頌帖孫黃秦晁一輩人顛倒不
出吾筐篋懸知此道日清新毋爲古人盛名懾氣若江河長其
流意與青山亂稠疊一夕君賡斗野吟試以羣篇並書箑千歲

猶之旦暮間應有來賢與承接一世區區講異同只可吾儕其懽浹豈況人間變勢來惘若雷轟電霅離別不足饑寒輕明日烟江理歸楫

疊韻速愛滄書扇

子不斤斤以書名我愛子書若鵝帖異時短札與長歌並取伴吾編在篋晨間作詩題奏鄆傳示賓僚盡震慴何言欲書斗野吟蛟雷成陣官書疊君家沈淪眞妙人慾蚋噴膚弗搗箠漢時宗資任范滂曠代遙遙美可接君看古人硯墨間眞精所濡氣淪浹犇騰一世風馳過文於其間一煜霅但讀羊公墮淚碑勿念劉琨過江楫

聽丁星五談海州人刈麥

腰鐮一轉快如風萬穗齊收地網中豈意晨興懷袖裏有人偸試翦刀工

滯穗應爲寡婦資此情依舊省風詩衣裾結得鎢籃様只待斜陽偃大旂

普天酷吏横徵錢許有宮旗插糞船要數海州無用此一年一熟總由天

清淮四絕句

清淮祇據國東偏爲走京都氣勢全一自六飛西幸後驛徒走卒盡蕭然

武衞前鋒二十營將軍體貌向崢嶸可憐間訊勤王事囁嚅尊前語不成統武衞軍湖北提督張春發自勤王回亦將撤矣

零落淮軍潘萬才一尊仍為故人開從驅白馬垂垂老作笑金
魚策策來（萬才字藝亭二十年故人今為淮揚鎮署中金魚極多）
思將一道盡桑麻汲黯年來志事賒寸土寸金由汝致可憐依
舊化泥沙（愛滄思墾葦蕩營及洪澤湖灘）

清江市樓雨飲

清江一道夾淮流十七年來復此遊散句寄題荒外寺雜朋呼
上市南樓山川合沓真吟徧風雨冥茫合醉休不爾黃沙彌望
痛出門西北徧神州

戲贈沈童子

悟到見聞外文先驅餘成軒鬢兒戲處韶濩讀書聲最有人天
感能知師弟情高軒纔過汝息壤在桐城

潛之為吾寫松石於扇而布荆棘於其旁作詩以道吾兩
人之行蹟也承其意答之

松不為龍石不雨頭然甘受世人侮惟有荆棘橫紆生持彼員
頭亦無靚石兮當路臥盤陀松翠淩空自飛舞中堅莫由入神
高物自俯去爾卑心戒爾盜無所可用安所苦寥落生成慭負
天完全軀質淨還土

積餘以狼山訪碑圖卷屬寫贈詩因讀吾鄉諸子詩發興
次沙健庵韻

揚州北岸平如戈臨海忽建三重巖黃泥馬鞍卻低曳猶有千
歲雲林黬我留此閱不半載已便塵土埋征衫到今弃波越兩
紀不覺霜雪盈頭髟出僧妙蓮吾所愛千里萬里頻來函及吾

還家弗相顧造我怨語殊訥諵殷勤十返一至寺豈問絕壁青巉巉車中來回倦眼視但見高下迷松杉未知幽厓祕靈響邂逅大雅生雲咸八寰莽莽屬喪亂極天妖氣横槍攙出門一步氣盡奪更用登覽支疲僟升高恐遇豺虎囓涉水愁被蛟龍嗛子來吾州發吾覆吾見亦獨心焉銜哦思大德和小弟强置卷首惟君欽故人陳慥適何往即吾城外停風帆笑向南山塔明處要與絕頂窺莊嚴君云勝處不在此公等樂往吾能監八多路迷客爲主途遠力盡仙夫凡狐裘反衣向也昧靈寶已洩誰仍緘嗟吾區區一方士感激隨聲動至誠公沙一吟不可止如對列鼎稍放饞金張扼要各數語枯寂豈畏旁人讒入華千重未疑複嘗海一滴猶知鹹我但愁茲一片石已盡搜括供鐫劖何處能發雪苗長吝吾困日來持鑱

次張季直金衡意韻各一首

遙遙直與岷峨對納盡滄江有此山但爲豪賢一不至遂令理亂百無關蟲文鳥迹誰相告鳳泊鸞飄忽自還自此東南增軼事後來消得幾人閒

人才信與江濤湧合散升沈不可期一日聲名非異事萬年文藻有清思所悲廁此英多會不幸生當大亂時縱不身謀猶熟醉發心徒益卷中詩

題項晴軒所藏先師寫與朱曼君詩册

一卷天人冷澹姿摩挲重爲昔言悲薄冰未即寒於水已到人間徹骨時

是爲吾友珍藏物奚自飄零到子虛昨向長卿孤寡問茂陵今日已無書

范伯子詩集卷第十六

范伯子詩集卷第十七

通州范當世无錯

光緒二十七年辛丑六月至二十八年壬寅六月作

夢湘來主紫瑯書院余亦從淮上歸主東漸夢湘顧爲我州主校州試不即見見其和潛之詩海南別後苦語塡膺聊以句先兼呈我州主

許公席上三年別地塌天旋有再遭爾我饑寒眞細事後先倉猝爲劬勞何期兀者來分曾得見髯翁再和陶愁緒滿膺言話陽猶聞辛苦佐牛刀

潛之以其夫婦生日各占東坡生死之一日戲爲詩贈答而余和之

東坡是何物復至我與爾彼無使形具而能戀痝子不知文字障化理不如是無問男若女勞此不得死欲入大涅槃遂除一切語

浙西徐氏校刻

余以先君入祀忠孝祠兼有鄉俗賀兒子補廩之事夢湘次韻東坡監試詩見示未遑即答明日潛之復倒押此韻相示余即依倒韻賦呈

都門寇蹤稀諸公漸高枕惟獨迂儒生言語尙寒噤鬱此無告懷肺肝受鐫鋟王粲屬來遊長愁貌益寢我遊先君出往依淮揚洗羣帥頗相招娛嬉設精飪迴鑾有詔書豪呼並來諗艱難豆粥餘茲弗裁量朕報告紛馳傳供備復交袵於時四月中田間熟桑葚隄平縱馬驕池芳看魚淰天地淸且夷焉從得冬凜

我之歷世途往復徒踔踸呈材知散木入口是沙磣何期文翁化猶認相如錦遜讓到鄉校放廢毋乃甚平心自揣量獨此較猶審一尺密治蘇三尺疏種往曩年冀馬羣頗復爲題品惜此風雲交滂沱餘墨瀋迨今遺二子但益無何飲慚愧爲天民貽憂近再稔仰修先子祀祗以守天真俯笑羊酒來吾兒食餼廩

潛之見余倒韻詩復順和見示而盛以文學教授之事相推以百忙中再依韻奉答幷呈夢湘

吾遊最易足所至竊庖廩熱邊輒心死窮瀰吾所稟所以逃舉場乃今十五稔故技終莫捐教授若醇飲何圖潑殘膏而令拾遺瀋父老數謂我後生得題品權故不我屬年光付苒荏哀今路岐多老馬亦莫審物窮定須通適變亦無甚我有一寸光比

之若明錦若波澄去泥如沙淨去磣持以照夜行或許免踔踸大風揚塵來不敵又凜凜鳳去聞鴞音龍亡見魚諗昨者西迴鑾郡縣致乾甚旭日再中天百方定歛衽仍憂帝倦勤眞人不稱朕玄黃一以雜黑白定誰諗我今亦何爲以辱忝常餁勤勤二子意文高若任沈不鄙數推余愛而忘其寢詩經再三切意亦入雕鏤一鳴無不鳴氣翕莫能噤對客只思哦退息夜吟枕

送詩復題其後

昨夜詩狂對妻子朝嘗客具又愁眉祗應急足催君和更作今宵勞苦貧

李月湖投贈所刻詩屬爲題詞次其所列初稿題詞馬絜甫二首韻其所酬唱多二十年前故人而死亡無一存

幸得生全一樽尚有人間世千歲應無鶴上仙揜耳弗聽中座
語南山遲我醉吟篇
東南讌樂吾州最一角河亭敞此筵去日若煩朋舊問斯遊難
以畫圖傳關東范叔寒如此城北徐公美可憐豈意張陳亦蕭
瑟坦懷惟有酒如泉
李君憤慨毋爲爾接坐綢繆有隔天寒到餘春能作雪愁將慘
雨并爲烟萬年難覓和聲鳥一世宜同嚶響蟬只有文通工賦
別情多恨少兩綿綿

以事問兩日不詣積餘屬內人製小食相餽

置君河上無人管往日相思盡謂何卻笑閒門閒不得輜軿柴
轂一時多

老妻特爲佳賓具兼慕君家徐淑才記否乾嘉雙蝶語要看合
璧報瓊來

積餘故有狼山訪碑圖今爲筱山再遊指示其處則汪劍
星諸題名已一一具刊潤生當復爲積餘圖之而余因
是亦須有贈

州中五季即唐虞寶愛荒殘似子無昔日汪倫踏歌處今來陳
慥復相娛鐫名孰是無雙士下筆眞成第二圖且喜江郎能貌
我懶餘眞個是山臞

同諸子遊山莫歸有感

晚烟是何物四遠盡蒙籠人有歸休意天餘慘澹容模餬山石
字清醒寺樓鐘今古一昏曉蹉跎自倚筇

壹以歸其兄
如吾家也

再與義門論文設譬一首

雙眸炯炯如秋水持比文章理最工糞土塵沙不教入金泥玉屑也難容搓摩日月照羣動摺疊河山置太空正要當前現光景不能向壁造方瞳

僕誡

我行揚州市壞輿破幨帷客入無衣裳瑟縮嚴風吹豈其吟不輟恐爲驚寒嘶僕人反相告誡我毋爾爲路旁笑者衆謂此成書癡我果抗聲否恍惚不自知笑亦豈妨我不問輿中誰僕乃始怫鬱怪我殊傾危公爲匿弗見我面將安施當時朱買臣野吟妻羞之何況大都會冠蓋紛傳馳分明同學者絢赫多威儀而忍作此態主僕令人嗤我聞噤不語此人弗可欺憑何相慰藉富貴吾無期惜哉汝不去作笑無窮時

浙西徐氏校刻

哀袁爽秋

昔我遊龍門言從興化師師曰及門中儁者汝知誰適來有袁生燦爛多文辭其人亦靜美與汝能相資已聞師謂彼亦曰范生宜卒然不可併各逐風塵馳維歲辛巳春木壞吁可悲四月臨殯所六月龍門祠於時一見君戚痛胡能怡相向哭而散各復之天涯君官歷中外聲名亦無奇但聞君徒友爲余誦君詩吾徒姜生者作令殊嫌癡君獨爲我故低回寶愛之用此一通問澹然無他詞何圖不數年立節於斯時臨命不絕纓庶幾哲人儀我初聞君耗急淚幾難持諒哉吾仲言令善叓不疑入徒

自羞張君在里弄朝夕還夷猶燕雲邈不屬獨爲吳君愁焉知
喪亂後再得相從不聞來泛邗水無意遭楊侯持舊要我讀言
言皆殊尤方今得朋類眞宜泣相收皇天太孤獨后土無匹儔
不見子雲傳淸方老自謀淵哉作文學沒與生民酬來今禍益
大一力將難勠要其沈懷往毋令此道幽

余所失盜無可問官爲責館主償還余無如何也爲減其
數而作是詩以哀之

虎兒入柙龜出櫝論法應須責主償我自忍心爲惡薄客無援
手亦悲傷生財大計存天地剗盜根原問帝皇眼底區區何足
道可憐民劫任迴腸

往於天津酷暑中送方子和之山右意誠悲之有贈行二

絕今館周氏聞余來走訪爲述某氏待叔節兄弟之狀
尤深痛也復用此韻

七年萬事如雲過切骨悲愉影未空不意君還落吾手要論此
外有誰同
二姚前此沈淪反應視當年涕淚多小雅喪亡夷禍急權輿不
嗣亦無訶

地山去之高淳念之成詠

芭蕉雨淸肥菡萏露芳鮮嗟子別何速忽余棲可憐長才新舊
際小效困窮邊況以傾河淚承家說稚年
我道三綱外眞宜有四綱君無嚴大范而自薄元方笑樂孩提
共艱難次第嘗人羣散無紀薄俗可憐傷地山之弟澤山解元不問家事客遊所得

手功高妙轉環暫無援死術强忍念時艱

夜讀遺山諸作復自檢省亂來所爲詩百餘首至涕不可收憤慨書此

細思我與國何關慘痛能來切肺肝局外迷茫成錯想就中安穩是當官千夫歷碌愁關傳一輩嗟峨已國冠竟與喪家爲代哭可憐眞個淚闌干

何秋輦招飲兼覩賢郎

平生落拓何秋輦八海歸來色正酣今日一樽秋後酒瓣香千載悔餘庵誰能問學終無譽不與興亡略少慙爾我要爲過半世且看生子作奇男

出就義門談盜攫余此行所得賣文錢盡因而有作即以答吳董卿大令晨間見贈詩有千里賣文錢易盡一語故也

盜愛余錢非盜跖賣文所得盡今宵悲歌吳季詩成讖笑樂王生興已消不信重城能放手誰將萬貫更纏腰拋除鏁鈕安排睡直放酣然一夢遥

失盜翌日晨起作

向時平寇論方曉盡成空一賊盜吾有萬端無計窮留居殊曠蕩去路已疲癃絲盡爾仍失飄搖秋樹蟲

贈江寧楊少農

君爲制舉文持問張狀頭及作贈送文持問吳冀州各極天下選亦各能兼脩君於是焉慾各各通其郵我視二君者老退常

與故人話

河漢竟無極毫釐謬若茲方知民禍大不救道心危居昔實八
表逮今爲寇資虛堂攬明鏡反手又何疑

揚州市上忽逢王義門自其家至

巷遇果然有王生天外來相攜作孌語不信是英才看我詩成
痞憐君禍始胎秋風足芒稻歸去莫遲回

示遜庵運使

時危頻仗友況以弟兄論海大容吾句文多爲子言艱難誰擇
食呼嘯莫啼寃嘗怪朱雲薄奚爲怒辟宣

平心示義

平心要訟吾儕過痛淚誠求或見聽事變原如馬生角文章誰
肯鳳摧翎英流栩栩將開化耈長酋酋欲反經必若相非不相
喩萬年猶恐此門扃

自他

自他諫死三君外百爾盈廷可歎傷無以仁言告君相多爲漢
過與孌荒行行所遇東南彥夢夢何殊上下牀一事稍令人意
愜新推汲黯領淮陽爲愛滄補淮揚道

偶書季布傳後

曹邱仍使布名馳端木猶能譽聖師一自巢由洗耳去人生何
處不相資

贈揚州方地山

誰謂撫才者王方若是班一夫九州影萬事百年閒勢極猶翻

賢郎從詢起居狀言君徂維揚維揚亦何主莫知主何方但取
從冰玉相看一路涼

君甥我舅子新來遭大憂聞亂迫欲葬不葬復言遊此情諒可
想我聞誠悲羞前時有兩主一去一死休去者豈其還迫促還
相求生人行地上饑飽各自由恩情苟不屬絲粟難相賙惜哉
燕趙郊禾熟無人收寧非好生計不得飛身投我往作饑嘯此
又添朋儔思之實痛切何暇為身謀

過題揚州廢塔

凝然植孤幹歷劫不能磨世界華嚴日其如儳陋何
就此更塗澤泥泥不足存誰歟捨金鐵重報佛殊恩

抵揚州寓戲書

擁鼻重來感不禁緣江入郭氣陰陰可憐列肆陳蘭麝不救當
街穢惡林
發篋哦詩日幾回朝朝行李闔還開低頭實恐遭奴罵自把長
繩并力來

流聞

北風日日送胡塵客邸流聞怪妄頻桃李自成前後水萍蓬莫
辨去來因高門下戶都流落天上人間一笑顰羨煞唐宗百事
已詔書能問裹頭人

寓定使人至何氏招叔節則言到此不三五日去矣

連夕夢將迎移時語笑成僕人空手反平地萬愁生來去一何
速饑寒竟不爭遙遙斷音響何異失風箏

者亦實愴然以悲不獨傷里中之文俶也

里巷年年只換羣誰曾中酒至微醺狂驅失勢空遺我寂坐成詩尚有君積水一輪秋後月因風百變海東雲仍餘故友傷離曲展卷哀聲不忍聞

作者萬千詩萬萬眞如峻坂走空車老成不與諸公角辛苦能存一卷書谷口終當懷鄭子成都謬欲長相如衰時文格同靑蔓安得閒心爲掃除

潛之三疊監試韻以答夢湘息戰之意余事益多詩思竭矣乃余弟見夢湘挽王伯唐哀襲生之言而爲之潸然出涕余因益述潛之先後摯語而危苦憂患之意猝盈於胸遂再成一首

自從秦李斯窺鼠食倉廩士趣日以卑命在無誰寘富貴少驚憂不知禍已稔所以顏原徒祇能樂瓢飲東鄰有原嘗終不乞餘潘喪亂保殘軀饑寒見眞品豈無貞松姿與俗化柔荏竟作膏蘭焚視天亦未審襲生非吾徒斯言不爲甚古之眞禍夫永世斷文錦伏而餐至精萬物盡成殄或蹶或以蚩雲泥兩途踶一日不收身世狀實危凜曾無畜龍處何由禁魚淰鶢鶋不變音虛煩致桑葚離魂那可招雲中屢皐祇爲原爲楚懷莫保幼清朕（今傳招魂爲宋玉招屈原太史公以招魂爲屈原作則招懷王也）亦有狂夫言不意紛來論笑我陋巷貧卻譬尹京飪蕭同是何人君狂不胡沈百年遭此時拙分定寒寢哀哉祇一遊孱軀滿受鋟魂夢未省皆無言害有噤此屬乘亂來吾猶不安枕

先君入忠孝祠州主汪劍星臨祭四疊監試韻呈謝兼和
其疊韻感懷見示詩

古之橐父者有不避井廩遷流雖萬變生世豈異稟我君少時事我幼聞之稔大者死生際細若一食飲至性釀甘和百行盡餘瀋及我君壯年戚里咸題品君聞則涕泣言之內若往父老親見聞論薦詎不審君爲掩耳逃悽惶亦已甚入門富若貴純若夜行錦何者是眞味含咀異沙磣居官類傳舍頻煩見踔踸誰持風教先別白尚嚴凜汪公牧我州波清魚不淰來泮祀我君鴞音變林葚民俗苟若斯羣生登席衽吾皇亦有言凡民職在朕小夫犯光治枉用密謀諗屯膏竟不下禍熟一炊飪公能保茲方高吟又傾沈更喜喪亂餘教孝事未寢五季一行傳且復入槧鋟寵榮及子孫感頌曷能噤食德銜新恩吾儕自高枕

久雨病困柬潛之

一雨十日屋被闉萍合檻外波浸扉盆中金魚受急溜唼喋已若傷天機我身非魚作魚伍那弗頭涔腹又痱四郊民困我不問第一城閒百事違君居城南似高阜多言樓壁傾崔巍朅來君病復何若竟輟吟事令人唏王生今朝校藝罷囊筆定以君爲歸明當屬其弗覩我臨河不濟徒依依已聞汪君率屬禱倘用誠恪回天威敬因改卜祀先子看取晴日迎驂騑

已矣歎

吾室不足容徜徉獨恃階前五尺強出門一步卽路旁送客迎入借作場一雨十日城無隍百河之水流滂滂衝決戶牖推排

牆洶湧直造庭中央磚苦砌草俱淪亡飛魚躍入生魚秧蝦遊蛭走紛成行癡蟆睨我情態狂欲出無路來無航彌望一片波洋洋眠愁坐歎誰能當有僕一家號樂康遠挈兒女來就糧爲言耕牛瘦欲尪戶有死狗雞逃亡行至中途屢仆僵有友涉彼狠山岡遂極百里東西望但見兩道平湖光昔之繞山田萬方到今處處施船檣噫嗟我聞僅如此安得民情皆入耳齷齪家居何足言世亂民貧今已矣

七月八日壽朱輯齋大令五十即送其行

風風雨雨都過盡一天爽氣及君辰揚雄口渴來求醉莫似門前閒眾賓

盤盂小識爲君壽百變河山又一秋能及今朝談酒政堆筵何惜萬千籌

仍世高文歷九卿承家子弟老儒生憐君獨後人間巧五十看看批官成

邑有流亡山稅盡嗟君此去又何如逢人且喜無慚汗來去空囊計未疏

壽陳啟謙之母五十孫文節之女也

吾里孫卿命世才文章忠孝劫餘灰空遺伏勝傳經女不見中朝問訊來

天於巾幗忌才甚福慧從來不使兼一片天桃紅似錦依然老境傍虀鹽

司馬東箱才未展外孫楊惲早知名人間福祿循環至何怪當

時叶鳳鳴

我愛後生如拱璧況其將母有餘思升沈百感渾難盡彤管聊因壽一辭

題俞介甫竹石讀書圖余少時館於歐家坊所識也

城西一水舊漣漪遊釣相從百事宜二十四年人境換誰呼同謁太初師

結習憐君尚未除緣林傍石意磋如人間六籍灰飛盡曷不旁求海外書

題許贇竹獨坐觀書圖

吾友張蒼者鄉邦小試來艱難誰得喻鎮定亦須才孰信崑崏意眞如鑾俗哀憑君手中籍重與闢蒿萊季直創設通州棉紗公司許其同籍之一

浙西徐氏校刻

感次叔節金陵見懷韻兼酬丹徒陶賓南依韻見寄之作

昨倚江天望白門薇虧雲樹萬千邨恨無急槳臨風使獨聽寒潮帶雨喧問學焉能議康濟寒饑況與蕩心魂人生快意惟朝夕且爲知音樂自存

答伯嚴用叔節韻見寄繫以辭曰時勢隔日而異觀心期極古而並喻來章所慨決答如斯

天子從容返里門西征甲卒散歸郵駟虬逐日嗟何及仗馬迎風更不喧興復又添垂老淚荒茫永有未招魂商量去孔誠何說只向深山萬古存

徐溥泰成婚余以父道自居口占十五言戒勉其夫婦并令呈其外祖姚雲卿先生

徐卿二子一子存范叔引水培其根實惟姚氏之外孫就與袁
氏論新婚兒女燕樂吾何言欲將大義敦賢媛雞鳴昧旦眞弗
諼鳳貞五世剛導源若翁祖翁德深渾但汝夫婦承家門便許
枝葉重紛繁世間萬事覆以翻只賴人定天難援姚合老人今
達尊何日更把斯言論

先君遺命有徐滌庵之孫學貫他日爲我報恩兩言即溥泰也適會斯時溥泰之父少庵產盡絕余延之居吾家一年而病歿溥泰割肱血盈衫余益痛愛之疑其必可讀遂親授之讀輒少庵云暫與君以容膝之安不逾歲乃遽作古人心許何曾酬百一觀令子有割肱之美繼自今請代爲嚴父學成安得更尋常此父道云云所由來也權宜爲之授室徐氏之存亡在此婦矣故深勉之

陳小石漕師招同沈觀察及舍弟飲多聞京師兩年間事即席賦贈

謁帝南來感離索（來書謂與余兄弟談極慰離索也）建牙先與腐儒歡一樽沈范宜同傳兩載安危有獨歎莫怪中興餘涕淚也曾元旦賦荒寒（吾鄉人王鐵珊兵部以甲午除夕獨身沒京寓公爲經紀其喪而哭之曰平生風義師兼友元旦荒寒我哭君）老民無限謳思意信友酬君一例看

次韻答小石漕師

萬樹雪霜皆老物一枝梅萼向人開能令歲序初驚眼已覺皇天不負才寒日懕懕風作暴長淮蕩蕩水流哀何當徧與陽和澤更泛春江錦浪來

二十年前余爲程悅甫校士泰州得袁衙卷極賞之故五年前來過陸筆城追懷昔遊而有一士升沈尚慟心之作蓋悅甫已死久矣今來訪羅敬之則筆城又已死三年而袁衙亦并以微官死於浙江出城見圓月感愴不可言寫以長句

人命輕微不可搏浮生短短況當官早知惡趣隨年盡要比凡夫得境寬城闕依然臨晚至月華終古與人看誰令袁氏千金子也犯嚴霜試劍端（千金之子坐不垂堂袁盎之言也）

陳甥爲孝嫦寫病菊以寄其思久之復爲嗟菊詩速余之題詠余泫然而反慰之

白帝荒荒造秋色無端幻此殿秋花只緣騷雅能千古收合愁人作一家閱世已更新涕淚隔年猶護舊根芽浮生卽景皆堪遣莫把青春老歎嗟

小石漕帥以人日有事淮城舟中見懷有題詩春到草堂寒之句且言於澹園種芍藥遲余往觀余方籌議通州學堂事未得行也疊韻寄答

詩人達者如高適誰謂窮愁必不歡今昔並看人日至清醒原有治朝歎萬言無過一征邁百變能更幾燠寒且與乘春作春事好花留共倦餘看

題蔣運判西山待隱圖

往爲陳氏銘幽宮累日坐臥西山中億態千形不可道雜擬萬物難爲工以彼揚劉作者氣冥合馬范宗臣容遂作茲山萬年

狠山後鼓石旁誦之以爲祭玆余二人將復偕往求石
刻斯文且暢遊焉此非一日所能盡也三疊前韻相戒
約

登山須趁一江晴時物催人且弗驚怪石每從巖僻遇好雲或
向夜闌生但當信宿旃檀下歷徧宵晨鐘鼓聲歛挹精魂對亡
者死生何往不齊乎

苦雨幷聞雹傷麥四疊前韻示夢湘

去年恆雨亦恆晴四野啼號夢已驚正作麥秋仍有害可憐萌
蘖欲無生檐花慘落懸流影隴樹愁兼飛雹聲俯仰人天儘於
邑老儒何術論昇平

寒家畜二貓蓋母子也並時乳子輒移其所生置他處而
日來哺其母所生者母坐視之以爲常數日矣感而成
詩五疊前韻

孰謂貓知偎暖晴朝來僕媼一時驚陽春短短催相嫗微命區
區報所生怪事流傳幾不信至恩淪浹亦無聲誰何異族能交
乳侈說當時馬北平

莫春送別朱韞齋六疊前韻

容易征帆掛嫩晴輕裝弗使鷺鷗驚宦閒豈與國憂繫客久無
如鄉味生百歲歡言晚尊意萬方春盡曉鐘聲君言別後能相
訪安得經時王路平

同潛之夢湘入狠山於遙祭伯唐處求石刻之遂約夢湘
攜具留宿用東坡遊靈隱高峰塔韻

與子今弗反薄治一宿裝亦御輕寒衣䌷言山中凉離塵甫尋尺寂靜聞空香乘高試覽望何處爲君鄉蜉蝣在人境萬景不能長窮途已釋阮墮淚猶悲羊詎知故人魂邈與龍鸞翔來今是何日從君自蒼茫有腹飽玆宴筍芋屯山糧有夢酣今夕比屋排僧牀明朝一分手舉意皆彷徨斫地未須極怨歌纔履霜

去黃泥山二十五年而復一至追和當時留別韻示潛之夢湘

二十五年顏鬢改玆山秀色仍能養僧寮屢代無相識臥榻常封不忍看匪石一生塵夢淺下泉三歎海潮寒憐君取意歡今日極醉忘憂古所難

潛之夢湘訪石之遊我劍星刺史招同桂厚之飲於望海樓因觀余與眉孫季直題名處感慨今昔疊韻再作以當斯遊題名

王子武陵人飄飄神仙裝江生出肥水神酣意自凉石埭有老桂乘時發奇香玆皆天下選翩然來吾鄉綿綿我刺史流澤亦何長十年海上居牧民如牧羊閒招素心人遨嬉天際翔憂來無端倪天空海茫茫欲止無處所將行無裹糧嗟余昔遊此張何夜連牀刻石紀行迹作歌寫彷徨君子有白髮青山耐雪霜

潛之夢湘皆疊韻招伯唐之魂余亦三疊前韻相和

峨峨支雲塔七寶何人裝山高塔又上接此天風凉微塵世界中冥漠熱心香眾星繞辰居忠魂依帝鄉寧知北斗下已復酣歌長正用羶集蟻不知虎慕羊六街灰燼處車馬紛馳翔危樓

插天半辨析在微茫燕郊昔大熟寇盜多屯糧枕席便過師豈
須更移牀我友靈在天俯觀定徬徨哀哉後死者長愁徒鬢霜
潛之以是月年滿當代吾與夢湘皆皇皇然若失所賴也

四疊前韻以勉其留并呈劍星

歲庚子初夏潛之來卸裝余方在惸獨乍見猶淒涼蘭氣一合
會迢遥引風香夢湘所來遠上世醉爲鄉自茲益酩酊未覺時
之長詎意二年中浩劫翻紅羊彌天毒煙霧鸞翮將安翔潛之
欲受代歸意動迷茫山稅縱已盡饑來豈無糧行酤亦可繼村
釀流糟牀戀戀雨腐儒爲子俱徬徨不見吾州主來茲已十霜

同州主及管榷諸公遊山因訪余黃泥山讀書處感次壁
間朱石甫韻

松有垂條柳有枝各天生意不相知巖巒寂靜能千載裙屐風
流又一時膏野雨餘農事急澄江風定估帆遲如何逐物閒閒
者仍向空山泣鬢絲

吾詩遂已九百九十九首五疊前韻以足之示潛之夢湘

我遊二十載不益囊中裝聊憑一卷詩鎮壓風霜涼名世定何
物何從議聲香古之真天入了已無何鄉獨有文字懷味與生
俱長曾無殉名意何慮亡其羊有挾飛仙姿字字鶱鸞翔有與
元氣會吐吞入渾茫嗟余亦何有山蔬貧家糧比君百尺樓祇
合臥下牀昨來足千詩夜中起徬徨一世只如此鬢毛真已霜

顏梓琴總兵受代將行六疊前韻贈之

揮手振戈鋋三軍盡騰裝束手對書史一榻侵肌涼嗟君亦何

爲苦戀名聲香作書誡兒子徹骨師湘鄉吾見淮軍將體貌頎然長春秋教歌舞日夕烹牛羊豈無挫跌時已復雲霄翔富貴切生事賢愚眞渺茫帳中餘健兒乞與首山糧寄語與伯通無處安繩牀每念文武姿撫時獨徬徨願約當時相殷勤拂劍霜

劉揖靑者十四年前所見與吳仲懿以文彩相悅者也今其窮而訪我且攜其十四歲女子字秋水者以畫爲贄余夫婦絕寶愛之揖靑他去遂留余家內人既勉以詩潛之夫婦亦有贈余亦七疊前韻

秋水亦何有書畫男兒裝把玆一片玉使我心神涼阿翁作畢子少小聲名香胡然十四載流落居窮鄉世路絕艱險修途亦阻長途窮會須通路歧多亡羊阿母有婦德戒旦將翺翔鳧飛忽已盡弋獲眞微茫汝來且安硯有汝一月糧大女解提攜小女剛扶牀羣嬉亦可樂離居弗徬徨深堂雷弗至衣多無畏霜

有從都門得畫册寄潛之者署曰臣永瑢恭繪蓋大內物也潛之既題識余亦成詠

郵中忽發林巒稿彩筆江郎句已賡入手可知非俗物傷心於此尚臣名嵯峨天府千年藏散落人間萬劫成紙墨區區渾見慣老儒何必爲吞聲

前詩既作忽復感念依潛之韻口占

忽念珍儲無足惜深憂大棘此何時不爭書畫成尤物却把江山付阿誰臣職祇應勤在袞王言眞個美如絲寧論五國幽囚者還向冰天傳李師

二弟書言河南錫中丞受任以來其勤至矣本日方以電語延聘姚叔節而遽聞其調熱河都統疊韻慨之

試看朝朝傳舍客幾曾留戀到昏時中途梨栗爭能售東道林亭卻付誰海市雲屯潮不信絮天風輭雨爲絲嗟余白髮搔難盡應向妝臺借鬢師

余以經營學堂啓告鄉人謀所以肇始者一日而得匿名書盈寸紛嘵所在成聚皆集矢於余身良用悲惋蔓湘山長乃以獨遊軍山詩相示余因感其地爲先勛卿公明季逃禪之所其說謂吾多年老寡婦豈復向人而一日不受吏則徒苦吾民遂去之軍山與堯封老人輩講佛法焉此通州所以保全至今也先人不爭世名而常爲一鄉受難區區亦惟先志是從耳爰即次韻述懷以呈敎於山長及州主

朝來火焰燒城紅眞若事大天穹窿豈知情懷冷如水乃有避世王牆東偶念登山足自舉往即舊約途寧窮而我謀須衆然否那弗即事憂心沖彌天海氣蒸騰虹披拂正賴高柯風儒林無人日月蝕何但大庇言成空南山幽窅處藏龍有深谼仙人所植桂散馥一叢叢胡不飲泉滌毛骨常使壯髮如靑蔥而忍將身墮塵霧永與俗子爭冥濛嗟君所涉最高頂先祖放曠茲焉同明都當時一再沒林下舊隱成癡聾八十老翁客氣盡弗用民命貪天功遂保茲方越十世但見樂土天光融我今實亦愛其類恐遂茫昧千年終聖皇憂勤日有詔敬告海內毋雕蟲

官師賢能眼如炬奚以若輩猶昏瞳欲偷天酒渾難得莫把松容掩醉楓楊萬里詩小楓一夜偷天酒卻倩孤松掩醉容學堂之紛嘵蓋有若松楓之類依韻成詞乃得善喻小楓何足道孤松爲可怪耳

范伯子詩集卷第十七

范伯子詩集卷第十八

通州范當世无錯

光緒二十八年壬寅七月至二十九年癸卯十二月往來江寧作

秣陵中秋伯嚴以城間勝處在復成橋約諸公櫂小舟往會至則風甚月不瑩不能望遠伯嚴遂欲出馬路窮探而陶公所攜妓尼之及反櫂至四象橋月色轉瑩徹余與伯嚴徘徊良久述以此詩

天高無雲但有風分明璧月紗來籠淒涼柳路行無窮紆迴照暗鐙微紅鍾山只在城南東高下一氣青迷濛復成橋上煙景雄到來指點殊難工吾知陳生興墮空秖欲疾走爭冥鴻藉非

有妓哀疲癃遂入深深灌莽叢須臾回舟夜色融歌管寂寞三更終澄輝朗徹天當中直鑒豪髮無昏瞳可憐四象橋邊水正照天涯兩禿翁

爲伯嚴錄天津甲午中秋詩至人間佳節復有幾淪失八九鍾阜南之句覺向時所惋惜能償以此日之遊而今此所悲哀復絕異於當年之事伯嚴愈有目莫承平更百憂之作感痛可勝言哉次韻盡意

一世不爲明日計吾儕能惜此宵遊拚將特地清醒眼來覓當年散失秋寂寂山川夜逾靜沈沈歌管死無憂應疑從古高寒月只照人間百尺樓

余數年前見陶渠林於上海而心異之渠林亦已從西安

見余文也爾後時復相憶茲來値其五十弧旦遂邀同伯嚴及蒯禮卿何詩孫志仲魯曾泳舟俞恪士薛次申六觀察爲之壽而作詩以倡焉

入門氣類眞何物合散千塲未足云照海須眉能動我及關文宇已逢君平交澹憶江流水浪迹問看鍾阜雲一再相攜及弧旦那無樂酒更呼羣

我以二陶爲若祝羣公聽者諒無違惜陰便作方生看乘化猶須待盡歸難得一千餘日醉眞成四十九年非嗟余次第輪茲日俯仰微躬可歎唏

日本嘉納治五郎以考察中國學務而來江寧余嘗通州小學校故於俞觀察席上多所請質而感君來意甚悲且慙卽席爲二詩贈行并因摯父先生遊彼國未歸附聲問之

吾曹所學眞安用淚眼乾坤見此儒不信愚心生作梗虛煩熱血走相輸青山一角方聯社碧海千層欲化塗指點扶桑問君處倘緣風便一相呼

我友從君易地遊寄言無奈且歸休雖邀蓬島千人賞恐起河梁萬古愁盈路風光前屬國極天霧雨古神州遙知一夢鈞天醒還向空山覓舊儔

江叔海瀚詢及曼君遺孤愴然分金同助之余亦從詢廉卿先生之孤孫爲君子壻者相與感悼不已作爲此詩

昔有張朱師弟子死亡弱息各零丁故人慷慨誰買見吾子哀

悲不可聽不信微貧能作德終疑朽骨要流聲相逢痛淚還須
惜飄瞥吾生去未停

余與叔海茲來所造請及於海外師儒而向時師友彫喪若此感愴不已再成短章

來茲請求徧吾黨復何人百變成微尚重哀感舊塵一江前後
水六代送迎春於此著君我殘陽倍愴神

章西園刺史從夜談天津十年事明日過其半隱草堂因索題且約再來居之賦二首應教

政聲及淮海韻事在江南結屋未妨小徵文始用貪奔騰十年
事深祕一宵談記取西園會秋期色正酣

此俗豔稱者隨園與薛廬英流誰繼踵亂世得安居問我亦何
著逢君不自疏閒來看史隱隨分可停車

余以江安道胡研孫觀察總辦江南學堂欲有所陳而方為監試不得見由何仲純二尹將意貽我蘭福堂集及長安宮詞即效其體奉詶四絕句

自古文人有禍殃百篇香草總神傷穠才豔遇誰消得天語輝
輝蘭福堂

萬馬燕秦猝可哀屬車無復侍臣才外廷不有生花筆誰識西
巡掌故來

江淮一道答賢勞政暇閒吟興倍豪父老謳思今又別蘇湖教
法萬年高

分明雅抱在官閒咫尺龍門不可攀卻把殷勤託明月誰能優

蹇似青山

金陵門存詩刻中余極賞陶賓南欲窮滄海無涯量及似水樓臺柝不喧二首兹來蒙以長篇見贈聲意和之

伯巖示我門存詩惟陳惟姚頗自奇如許過客紛陸離或復老輩同娛嬉濃妝淡抹皆相宜就中陶生句讀師暫輟膏吻雕肝脾甫視若與諸公差屢戰方知故等夷欲窮滄海愁無涯似水樓臺發靜思我讀篇什從忘遺此獨深駐不復馳耳旁亦聞人謗譽久乃浹洽覯其私此人舉場寧後期秖望得穀療親饑小心事人艮在兹嗟哉此情我所知恨我不得為鴟夷遂能投汝千金貲買汝百萬瓊瑤辭汝亦深深好自維令聞廣譽非人為內實磊落無人窺嶞地分天天自隨積氣成華人羣阜變幻吐

納雲煙垂古之詩人有遺規坦適屼嵲皆無危汝盍急起前攀追

伯巖為桐城二老詩余亦各贈一首以示之

徐先生宗亮

因君投老無歸處令我耳根煩有辭骨肉寧非真愛惜身心無奈不狂癡青天白日成雙笑滄海桑田又幾時怪底於陵窺此妙不將井李換長飢

蕭先生穆

敬甫平生亦奇絕交遊百輩盡成塵自言老去奔波事贍作天涯上塚人文字未能阿所好生涯猶覺不為貧不知君子東方國記否吾家有逸民嘗遊日本

旣爲王伯唐刻石狼山之陰夢湘更以重九日攜酒肴邀余及劍星潛之往祭還至望海樓談江寧近事亦因悼總督劉公之亡次夢湘韻

野哭山雲駐哀歌木葉飄腐儒隨分盡精魄與天遙不死淪陶杜乘時讓管蕭懸知漢陽旆重過石城橋

來日不如意成茲悼逝心个臣猶晻藹一律與銷沈立石英靈聚臨江憂患深從來戀忠愛原不爲知音

夢湘服闋將之江西其伯母新喪停柩於此余承爲之護視而愴然疊前韻以送其行

客意如秋樹無風葉自飄束裝生事盡挂席水程遙越國余藜莧縈林生芰蕭銀河莽空闊誰與鵲成橋

鄭重付親骨君行無累心相期一征邁不與萬銷沈中路自怡悅西山惟阻深嗟吾昔遊處悲嘯有遺音

釀雪不成送伯嚴江西省墓

雪意使人生冀望寧論玉戲果由天但憑晝斷陰陽界重與安排壯阜年不醉幾番眞負汝曰歸何事益悽然惟應歲晚風濤外落照湖山有淚漣

題劉聚卿所藏義熙銅鼓搨本鼓在焦山有義熙及虞廟刻文此本爲僧六舟所搨以阮文達題語重也

頤性老人數行字六舟氈搨始能傳憐君一樣思虞舜風景河山又幾年

閒憂淚哭文人事誰似昌明祝酒卮莫遽神傷義熙代朝家兒

弟尚元熙

次韻丹徒柳翼謀秀才兼貽其同縣諸子

不信金焦在江上空將秀色帶名州卻看妍妙尋常合許有英靈僻處留時勢不妨天壼改文章終與命相投君看一代稱韓柳奚以謙言籍湜遊

梁公約爲余言某抗顔相招之事因頗自稱述且約俟雨霽牛首山看杏花次其答李審言二首韻

壯老得相續方知人代遙精靈直輸與脣舌有枯焦嗟彼一何陋斯人難具招還將去來意同看海門潮

嘉子所稱述風兼廉且敦羣儒盛文藻獨學有荄根陰雨年光促園林市語繁誰負去牛首濁酒一相溫

金陵病中寄內子桐城以代家信

君行徂桐城我乃稅於茲何人實喪葬而不身親之外舅竹山君葬吳冀州新喪十旬病腰腳長路輿難支憐君且代我提攜臨路歧旣懷老成痛亦有靑年思懷寧一千里停舟深夜時桐城百五十兩日山行疲揮手入白門念之猶不怡發裝甫晷刻大雨如奔馳微陽動春震重陰挾寒飀從茲七宵且淫暴無休期甫雨念行者小艇如瓜皮孱軀須襄鄭沾濡定無遺雖然攣江上山館猶嶔崎明朝入山路頓撼益支離石蹲若虎豹泥釀如糟醨君行定求速此去當何其我緣積損㬥客病來侵肌別君第二夕寒熱動心脾徐之五六日寒熱在四肢去者亦無渴絕食亦無飢猶能日起坐而難寸步移醫言昔所病伏遲深深垂今病實陰

雨浸淫日以滋高居尚如此跋涉胡能持八言郡縣隔晴雨諒殊時愁中欲慰解强起臨窗窺彌天毒煙霧誰能免茲危麥根爛死蠶桑綱亦荒嗷蠶子尚不出何論繭與絲南東數十郡精蠶餘瘡痍雲秋所悼恐居民再興師（江勝軍帥杜雲秋就余談因有此語）噫嗟此憂大爾我又何爲前民反睆然微命豈勝悲傾河以爲淚徒當哭其私晨興窗戶暗檐溜方凘凘聊能坐把筆問以當書辭

示伯嚴

明朝雖上巳終覺未回春一雨成千里連陰有四旬病軀眞厭世儒者喜愁人聊以悽惶淚分途泣所親

雨止病少減讀書數卷遣悶有作

陰消病減渾無奈舊籍新編又幾何山是六朝人去盡事經千

劫夢回多臨觴所患能知味絕迹無由更和歌獨把迴腸親檢點曾無生事得銷磨

與吳彥復談感愴疊韻

塵中歷覽堪驚歎珠是隨侯璧是何無奈江湖乘雁集不如韶詠一夔多生憎徐福猶通道死到鍾期欲斷歌且與存身愼無垢海天如鏡日相磨

雨霽暴煖去重裘著棉夏不遠矣去年著秋衣亦無幾日感歎書之

三月嚴寒四月熱九月炎風十月雪年來但覺春秋稀寒暑之間一飄瞥世間萬物要平進四序分明不中絕問天何故宣淫威任把陰陽自起滅可憐天翁尚不知每逐王母張瑤池瑤池

亦有好風日六合雲煙方薇虧南斗生人北斗死東帝西帝眞無爲儒仙之臞不敢諫維皇有覺仍聽隨安得倚天一長劍誅殺風伯刑雨師

莫春金陵城北見桃李花有感

春在雨中彫蝕盡居然桃李放晴來貪叨日月無多候點綴山川有是才江介一番通艦船海人隨處起樓臺可憐花木乘時異不稱風前爛漫開

適與李直論友歸讀東野集遂題其耑

昌黎下筆天光完滋有意外呈毫端東野琢句多斷殘湮鬱不發埋心肝以茲論文百不合而彼二士相波瀾惟恐人間有離析欲把形影搓成團張君昨來適語我交友異性非所患有從

天來入幽可有非梧竹棲不安但取龍鸞合奏曲勿與犬雞同叫讙我言奏曲亦須異彷彿列鼎調鹹酸剛克柔克有二道相成相反茲焉殫郊亦滔滔挾愈勢愈有蟲蟲貧郊寒不然一倡百聲和正使吾道愁孤單

就文昌宮設籌議學費公所其堂中有先勛卿公所書額同人初集感題一詩

去日曷以積嵯峨三百年墨痕餘劫外朝局忽當前誼重鄉難捨名微身望全瞻言此來意低首念吾先

籌議學費初集余病困不能多言臥聽磐碩李直二君談默然贊之

李子出言定天矯而此旹語殊沈沈張君信眉大談者茲焉一

字千酌斟嗟玆鉅事山難任嗟彼苦心河水深行且無畏事大不如心

究觀東野之文辭頗有合於西哲之言公德矣感歎再題

東野細微士昌黎挾以傳由今觀此輩合砌蓬蒿間寧知彼所懷嶽嶽如大山飽與萬物飽教化還天然灑血泣君昧矢心躬堯年由來大同理一碎不復全君相各私己生民盡梟擅士有不失性餓死溝渠邊昌黎昔未達三書宰相前爲道兼求養哀哀亦可憐

王晏存太守七十之壽余甫葬母固不與稱祝然頗聞其著染鬚詩自戲能尋樂也踰旬日往謝則君方喪其長子王旭莊太守李耐庵大令各奔視余亦無以相慰昔先君之喪余恨不能杜絕人事擇其惡小者而居焉不廢酬唱玆故追和晏老染鬚詩以寫心慟且以呈旭耐二君

靑天白日恨滔滔生死存亡夢亦淆今日逢人皆丈我始知鬚髮白千毫

聞喪甫旬始爲眞知友何分舊與新留得孤兒一身在全憑三五素心人

未向歡場著素冠也曾竊幸老懷寬能教一夜鬚還黑竟作黃金亦不難

淚盡西河我不知昨來驚絕到門時皇天也與人翻覆白璧黃琮任汝疵

雅廢夷侵禍孰無祇今萌動莫躊躇聊將一掬傷亡淚獨向先
塋灌槖吾

一時王李成雙美亂世循良事倍難祇共煎熬成白髮好留實
相與人觀

伯嚴示我以寒夜坐吾室懷伯嚴之作余方讀仁學戲答
一首

一刹那間萬劫回何從芥蔕與徘徊君知此後成何世佛說於
今不住胎擾擾煙窗晴是幻盈盈風燭淚成堆懸知根相消難
盡略向冰天問雪梅

感憤題金陵

六代偏安負不易五朝四姓盡人豪當關不有強梁手臥榻能
容揖讓高

衣冠文弱君休笑煙水南朝性所鍾正作清談皆老佛要知斯
世已黃農

與劉聚卿晤談後歸而大雪爲詩記之

劉郎膽略眞堪羨直向歡場劵一年嗟我百憂消雪後也知生
事豔春前宮中待衍魚龍戲巷曲相呼羊酒天倚徧薰籠忘悲
縮小儒亦自負吟肩

雪夜疊韻訓伯嚴見和伯嚴謂我來歲當墾西山

百國洋洋盡東作嗟余蹇蹇未除年曾無寸土關生事亦自安
心到眼前見說蝗蝻深入地思量蟊蠈豈由天西山來日春如
海君看陳艮鍤荷肩

聞吾季直之友湯蟄先以知縣擢兩淮鹽運使再疊前韻

才多不發明王夢此恨迢迢莫計年九陛崇閎古宜爾一夫騰踏忽當前龍鑲虎囷眞無地鳳集龍遊自各天拙分祗應作謳頌隔江憔悴發吟肩

歇卿招飲恰與去年雪後之招爲一周歲也三疊前韻奉訓

人間只覺爲時久誰謂停觴止一年汝向扶桑看日出我如衰柳落霜前於今海岱沉冰雪惟以歌呼隔地天至竟賤儒雖改性猶能一喙載雙肩

伯弢招同諸公飲河舫次答伯嚴感事詩

爾我亦庸態放懷彌可憐歌呼千日酒雜沓一溪船檢爛成諸

子廉隅起大賢故人今滿眼餘地益蕭然

過梁公約廣廬索贈

秦淮一帶胭脂水回向北流徹覺清數樹河梁有人在兩重階級望中明故家書研餘膏活殘臘江湖客感平更肯低回送襟抱千春再得孟郊鳴

爲伯弢原毀并示張伯純四疊前韻

浮雲那便無根蔕蜚語從知有歲年已懼嬰夫失盼意更爭盧駱在王前冥心自展鵾鵬海裂背雖窺蠛蠓天聽彼悠悠終廢罷看君於我合隨肩伯弢少我五歲

雲秋奉命治軍淮上伯嚴招同爲之壽五十既贈聯語復足成一詩

雲秋肅肅若有適胸次原無半點埃自天一言大任集先眷五日詩觴開酒中樂盡嚴風起道遠徒殫歲雪催老病孱顏爲君笑眼中萬事得胚胎

伯嚴言古之聖賢八德充而才大則有波瀾有雲霧詼詭以遊於世不爲匹夫匹婦溝瀆之行其安身立命之處乃因不可得見而知德者亦鮮矣余聞其言而悲之聊因記述而并參一解

藐姑冰雪尋常事四海風香盡可餐只爲女媧播黃土被他吹上萬山端

濁世糟醨那可啜也因叵面向吾徒傷心只博羣兒笑誕謾饑寒豈丈夫

范伯子詩集卷第十八

范伯子詩集卷第十九

通州范當世无錯

光緒三十年甲辰里居病中作

二月晦日編已詩至庚子揚州寄叔節遥遥斷音響何異失風箏之作謂吾婦曰吾恨此詩之不答也三月四日得叔節同日愁吾病詩其沈而質與吾同旣欣然告之故復次其韻

編詩至庚子追怨在揚州意動君心覺書來我病瘳年衰抑何戀亂大反無愁不遣子遊學他年何處遊此答其白髮憐吾姊諸甥又浪遊之意

病中閲各報感述因寄三江師範學堂總理楊錫侯江鄂編譯書局總理劉聚卿

不病原於世無濟病來幷使百憂捐燕遼竟作旁觀者吳楚空多俠少年闔眼妻孥驚囈語到門親舊問行纏乘危竊食眞無賴合使家居斷粥饘

余延馮君光久敎吉兒及兩孫幷乞爲余繕稿開館余病作病間次稿而君以詩問余欣然次其韻

鄉閭靜雅士得一已云多正足深談處奚如連病何到門遊從減隔院誦聲和即事且怡悅餘年定養疴

乍以詩相問清言字字眞文章是何物肝膈忽相親傾倒出私著編摩諒夙因吾山高不極於此小嶙峋

仲弟廣州無信則浪愁得則喜慰觀其所述舊識諸公之蹥與禍會又感歎不可以言吾兄弟但有離憂初無世

患貧之故也爰作長句并述亦願吾弟他日仕宦之無忘斯言

已是飄飛四日程海山迢遞意難更膽緣病怯愁無奈魂爲驚多夢不成一顧蒼天雲盡失幾人白地淚來傾年年兄弟寒酸語且喜能敎心太平

旭莊太守金陵返慘然述近事并示江樓感懷次韻李拔可之作走筆奉和

一世於今盡可傷相逢徒有淚徊徨仍兼生事論飢飽更莫人才說猖狂疾病餘春花媚眼干戈獨夜酒鳴腸吾家憂樂眞無地還向君家覓醉鄉

次韻旭莊太守郊行十二首

昏昏病肺藥鑪邊墮落荒蕪近一年今日衙齋讀新句依然來坐惠風天

長噓煙景困朝衫欲喚盃來祇自銜囊筆遊行我無累亦嘗歸夢繞千巖

炎方卑溼朔揚沙客粵留燕鎭憶家試聽吳趨論山水吾鄉風土實淸嘉

所恨儒文類病蠶百年吾亦髮毿毿祇今物論仍隨衆賦得朝三更暮三

營目愁心萬倍多愛鄉情切又如何祇求略解傷亡意宛轉論才不用苛

謗議前時忽滿城欲從老范構心兵矢心獨有張元伯不死須

曳蠢邁征
人心總爲懷疑弱強勉造端無是非一自文翁化日進何嘗必賴長官威
哀哉王室四夷侵孔邇猶存父母心乍讀君詩攬忠赤赫然如日昊穹臨
西海滔滔萬溜東臨江一望歎聲同凡民救死無如學何必皇天不誘衷
實業兼宜痒米鹽取之造物不傷廉吾民瘠死黃金窟惰骨真須子痛砭
絃歌有味試牛刀入室瀆臺敢告勞祇把芳蘭盈路植等閒蕭艾不須薅
我欲留君久於此沿江稻美況多魚君看滿地橫流甚何處家山得隱居

次韻旭莊舟行苦雨四首

君行苦雨夜無眠詩思層層入邈緜恨不將身化紅日媚茲錯繡萬家田
泊舟楊柳岸東西寸步沾濡馬沒蹄想見邨農齊仰望慈雲今比雨雲低
年年豐歲欲成歉穫日如何不放晴天俾嗇農常不飽何由更勸惰農耕
人事終能變燠寒豈虞平地忽興瀾誠求水利開農學未見人間稼穡難

次韻旭莊郊行喜晴

我祇病踰月，落花胡已稀天方困雾雨寒樹未更衣白日一垂照横風始戢威親身問耕斂歡逕滿柴扉

旭莊示以通分司方君揖趙所藏嶺還七友圖發之則子箴方先生儼然在列且卽余庚辰夏間日從先生遊譙時之所爲讀其遺文觀其風采益歎先生之爲吾作序於今已二十五年而吾衰病遂已至此也感題一首以復於旭莊并貽揖趙

太守從容示圖卷嶺還七友共清芬豈知風馬朔南事正作雲龍上下羣綠鬢少年成感舊烏衣子弟喜能文江關賓有飄零恨一序深慙負此君

代旭莊題嶺還七友圖

漢世兮稱陸大夫昌黎祝禱鄭尚書可知百粵文身地自古中朝宦牘疏明月二分鏡作者炎荒萬里賦歸與風流韻事眞堪羡獨感先人建節初

郵中得愛滄府尹贈别嚴幼陵詩次韻奉寄并呈幼陵

詩來抑鬱悲吾衷鏤肝刻腎言言同誰謂國家許大地直覺患害生微躬君乎下帷心益哲期以筆奏回天功子臣弟友百不曉枉論天演憂心冲於今時局陰陽錯莫知爲虺爲羆熊女憧婦悾慨一世虎變未可望諸公賤儒當兹頗得飽室養時時有萬鍾我亦拂衣願溝壑所信天阨非人窮摯哉留行沈京兆惜汝一去京師空前時吾亦遣子學雲將未得遭鴻濛嗟彼長安

浩穰處濤園歲久將成翁時樣不知眉憮好歌聲自與霜鐘逢所懷萬端愛莫助老友實愧他山攻豈憶消寒有黃浦往往酒半聞驚鴻稍覺江搖海動蕩依然地大天穹窿及乎辛丑聚淮上娛樂兩度冬春風草樹猶含中興意作花放葉能青紅誰料從容有今日彌天兵氣蒸成虹眞覺死喪無幾見傷離恨別俱悤悤

次韻旭莊登狼山

亂世江山贍可憐淸遊未欲妒君先一番雲起藏峯出八海潮來斷港連隴麥香風仍可餌山茶活水且同煎茲方僻遠渾無事安得憑臨萬里天

五月二十五日爲季直生日叔儼來爲置酒召朋舊因道疇曩感成二詩幷寄陳子壽

記否南山下先春並馬行卅年爲一世雙笑送平生得閒還思舊臨觴尚有兒開軒吾病減山翠復縱橫

嬉戲各同味中年道路分子能達初志吾尚抱空文削迹論生事長噓念故羣陳生終健者臨老百分勤

莫春於學堂後倉河種荷因種柳護隄秋後荷盛開若出意外余適病臥家送蓮實來者舉驚相告也詩以唱之

八月秋池生晚花言過盛夏莫咨嗟行人已覺風香起豎子還將水實誇插岸楊枝培近土接天櫻樹屬誰家噫余涕笑惟益益多恐年光不我賒

光緒三十年中秋月

噫余瘦削不成影，見汝盈盈在上頭一世聞人齊下拜八方圍實競前投移鐙讀由行行怨倚杖看雲片片愁病久可勝寒徹骨頽然掩袂若爲秋

病閒

病久不知病翻多病閒歡惺忪成美睡芳洌出常餐短晷復餘幾小程殊未完移牀就晴日聊一掃紛雜

殘蚊

涼風拂簾幙殘蚊來向人意兼溫飽求迫欲肌膚親不知其聲惡回還取人憐方汝炎盛時轟雷莫能眠趨避盆以提一飛高及椽殺之良爲快吾意尚逡巡狠籍彼不損血污吾不仁矧茲太微弱手驅愁汝顛噓氣送汝去飄搖若輕塵爾我大小體皆佛之法身汝占一歲半餘光皆倖全我占百歲半過此亦俄延數若百與一何値論相懸汝自昧其智謀生大艱辛及今蟄陰洞尚苦陳陳因乘茲實迷謬十九與死瀕不然推窗出素秋浩無垠曷不飲寒露陶然返其眞

潤之世丈歸道山十年過拜遺容感呈叔儼季直

行年二十嬉娛地餞艦柴車歲歲連爾足更爲賢母痛疏才獨受丈人憐漂流蓬梗長千里悵望松楸又十年縱向遺容搶哀病當時兒子亦華顛

去張丈柳西草堂若不能捨亦深憫季直之勞欲其稍留意自保也前韻

丈八七十來爲壽瞥眼於今十七年鬱鬱餘生拚盡捨層層去

影響相連亦知凡事天隨我無奈長途雪滿顛各有馬懷悲戀
處能無偏向故人憐

龍伯

龍伯自尊大惟魚聽所置魚有亦鯤鱷闖出各以地假令懷謙
謙豈不廣求類終焉樂無旁朝夕得自恣一身蠢蠢餘白醜盡
供媚嗚呼海頓空鯤化鱷引避龍伯臨乾嗟疇哉任予寄蹣跚
而跛蹇惟有蟹蝦使怪龍不預儲龍昔無此智肓風吹海翻沈
沈未妨睡空抱萬年憂滴盡鮫人淚

戲題白香山詩集

自氏論詩崇諷諭吟風弄月祇空華笑他閑適終成片莫我平
生竟一家萬語縱橫惟已在十年親切為時嗟原知詣絕都無
用持比陳人卻未差

自諭

昔年三十六病亟江西船去婦亦已遠離家路幾千於時一無
冀但冀稍俄延計程疾抵家得正首邱眠及乎返家弄扶攜到
親前病勢日有改外寬中熬煎有手不能畫有口不能宣指向
對門寺頷頭畏喧闐實畏哀顏親避之依僧氈旦夕所愚禱但
冀終親年嗚呼今則已我向何冀焉一人有一本枝葉盡可捐
我婦我兩弟有生所纏綿我弟由學入所得各已堅諒達無生
理嬗諸未死緣我婦由悟入頗復知人天抑抑就名義豈為情
懷牽至性不毀滅元氣終蟬聯我君未了事各各能仔肩凡於
世多取子姓被冤纏我少即無用憚為禍福先人羣三十載遊

好無閒然停回有人曾過往或如烟除此二者外於人無怨慾
遺安既若此損智益無錢長次迭相冒美恩常得全令今郎就
道何處煩悲憐矧吾病最吉每能歲月遷人生苦難料行路有
仆顛從容若茲病百事得安便文詩陋儒習叢殘篋中懸為生
吾鄉最移託姑舍腑憂心及邦族淚下獨漣漣餘精足輔弼苦
語咨仁賢及春又不死次第聞歌絃朝朝下牀健窗明手一篇
窮鄉欲興學爲書致吾虔絮語只通俗細字常盈箋人來奪其
筆往往張空拳雞魚必肥美蔬果必新鮮素風雖已盡美意聊
相沿見客惟取撑有來無回旋長官亦將就僕媪咸媚妍誰言
病且殆而反樂無邊誠哉肺病好肺病無須痊徒將體質耗不
與神明連居則樂吾樂去亦疑於仙一氣浩如海駕言備鞍韉

自諦

吾嘗一日思安禪又嘗一念遊於仙仙者意高廣六合廓落然
求其歸宿處但覓形神全禪意向枯寂厥功彌靜專靜中有真
覺願力至大千我於二道皆未學祇以病體圖安便久病真如
檻因陷頗設遐想無窮邊霞外珠宮那可得雲中鶴駕無由傳
十洲三島盡虛妄徒見下有深深泉神魂散落百骸弛欲保性
命何有焉收拾殘餘自將息呼吸縣若遊絲牽徐引生氣布滿
腹羣瘉得職無大愆此時諧和與物共有日世界純陽天誰何
機來萬念起俄頃乃有億變還我與衆生實同道以次現出諸
因緣不如動植物得性能自堅人爲萬靈最何術能緜緜所以
如來得自度而曰一世生悲憐虎狼猶可道蟲豸未忍捐陳諸

割斷法以制人繞纏我以哀鳴當定慧可知於佛胥壞懸屢僧
撞鐘諒可法長抱此念無回旋口亦不辭瘁手亦不辭胼血氣
終能愛肺肝無俾鑄正得一私淨斯爲萬覺先

次韻內子見慰之作

九秋晴日飛蝴蝶一夜微霜楓滿林吾病初無毫髮損君愁坐
向鬢毛侵形骸不隔當前意氣候難回萬古心與子同牢至今
日差强短髮有長吟內子讀吾自諦不語者久之故五句云然

晚眺悲詠寄仲弟廣東幕府季弟山東營軍

樹樹楓容帶醉斜更聞蠻語到寒鴉驚風已逼全身絮落日猶
烘半面霞臨老弟兄餘託命愁人鼓角定思家寄言貧病都消
釋只作空歎淚轉加

以湘軍志遣日讀竟題尾

分明故事可忘憂未免人情緊短修一日難防千日醉百錢猶
勝萬錢羞定知文外餘何物最是花初不可求我有無窮私淑
淚祇應寂寞付湘流

哀王兆芳漱六李鵬飛雲垂

還家結後生有願不敢道標格稍自整崖岸復推倒徐以誘之
來低回送吾抱寒饑十而九迎探省祈禱積年所嬉遊一一盡
可寶李生初自閩綏亟一相保遂嘗同余言樂意近魚藻王生
盛名譽談經著述早陳誼必鑄吾亦足貧窮討其人內精悍形
容若郵媪李亦茁壯軀理合致壽考何圖數日閒亟病兩俱夭
鄉閭適茫昧諸校待更造倉皇欲樹人法令亦草草原知眼前

事歷久歸於掃階級應如斯驅除亦良好身弱不出門憂心坐加擣天道日建新分以壯代老吾往何足悲此情絕可憐

況兒以伯嚴叔節皆在滬請速就醫夜出江口占示內子

一病艱危歲再還尚能攜手到江邊帆檣出沒滄桑地星斗迷離上下天豈有神方通絕域但教死友值生年明朝溯笑申江浦應使陳姚有俊篇

落照

落照原能飽旭暉車聲人迹盡稀微可憐步步爲深黑始信蒼茫有不歸

范伯子詩集卷第十九

浙西徐氏校刻